ELOGE FUNÈBRE

DE

M. JEAN-VICTOR RICŒUR DE BAMONT

PRONONCÉ

Dans l'église du Champ-de-la-Pierre

LE 2 DÉCEMBRE 1862

PAR

M. L'ABBÉ DE FONTENAY

Vicaire-Général, Supérieur du Grand-Séminaire de Séez.

SÉEZ,

TYPOGRAPHIE DE MONTAUZÉ, IMPRIMEUR DE L'ÉVÊCHÉ.

ELOGE FUNÈBRE

DE

MONSIEUR JEAN-VICTOR RICŒUR DE BAMONT

PRONONCÉ

Dans l'église du Champ-de-la-Pierre

LE 2 DÉCEMBRE 1862·

> Dilectus Deo et hominibus : cujus memoria in benedictione est... In fide et lenitate ipsius sanctum fecit illum.
>
> Il a été aimé de Dieu et des hommes ; sa mémoire est en bénédiction. Sa foi et sa douceur l'ont sanctifié.
>
> (Ecclⁱ., c. xlv, ℣. 1, 4).

MES FRÈRES,

Le monde, peu soucieux des vertus chrétiennes qui croissent dans l'ombre et qui craignent le grand jour, n'accorde guère son admiration ni ses louanges qu'à la science, à l'esprit ou à l'éloquence, à la valeur ou à la puissance, ou bien encore aux actes éclatants de bienfaisance et aux grandes entreprises d'utilité publique. S'il fallait exceller en ces dons ou en ces œuvres pour mériter les louanges de Dieu, vous ne me verriez pas, mes Frères, moi, son ministre, qui ne dois faire entendre ici que sa parole et ses jugements, vous ne me verriez pas, dis-je, aujourd'hui dans cette chaire. Car, il faut bien en convenir, ce n'est ni le savoir, ni l'éloquence; ce n'est ni la puissance, ni les vertus guerrières, ni même les services publics et éclatants rendus à l'humanité qui nous rassemblent en ce jour autour de ce cénotaphe. Nous ne trouvons ici qu'une existence simple et modeste, qui s'est écoulée dans la paix et le silence de la vie privée et de la vie domestique.

A Dieu ne plaise, pourtant, que nous laissions l'humble vertu dans l'obscurité où se cache sa pudeur et sa délicatesse ; à Dieu ne plaise que nous laissions une mémoire si pure s'éteindre dans l'oubli !

Abattons plutôt, avec S. Paul, toutes les grandeurs et toutes les gloires humaines devant l'humilité, la bassesse et l'obscurité apparente des vertus chrétiennes, et disons : Oui, il y a des qualités et des dons préférables aux qualités et aux dons de l'esprit; oui, il y a des voies plus glorieuses et plus élevées que celles que suit l'ambition et que prône le monde : *Æmulamini autem charismata meliora. Et adhuc excellentiorem viam vobis demonstro* (1).

Au-dessus de toutes les grandeurs du siècle, au-dessus de tous les avantages de l'esprit, de la nature, de la fortune et de la naissance, il y a les dons du cœur, et pardessus tout la charité, sans laquelle tout le reste n'est

______

(1) I Corinth. c. xii, ÿ. 31.

rien. « Car, quand je parlerais le langage des anges et
« des hommes, poursuit le grand Apôtre, si je n'ai pas la
« charité, je ne suis qu'un vain bruit, un airain sonnant
« et une cymbale retentissante. Quand j'aurais assez de
« puissance pour transporter les montagnes, si je n'ai pas
« la charité, je ne suis rien. Quand j'aurais assez de courage
« pour verser mon sang et souffrir le martyre, si je n'ai
« pas la charité, cela ne me sert de rien (1). » La charité,
l'amour, voilà donc tout l'homme : c'est sa perfection la
plus haute, c'est le seul mérite auquel s'attache une gloire
immortelle. C'est le plus beau titre de noblesse, puisque
la charité nous fait enfants de Dieu. C'est le trésor par
excellence, puisque c'est le prix du royaume des cieux.

Venez maintenant, ô homme si simple et si droit ;
vertu si humble et si modeste, qui ne craignez plus
d'être souillée par le regard de l'homme, sortez de
l'ombre où vous vous cachez ; paraissez au grand jour, et
venez prendre la place que Dieu lui-même vous a assi-
gnée au-dessus de toutes les grandeurs humaines ; et que
ma bouche vous décerne le bel éloge que le Seigneur a
fait lui-même autrefois de son serviteur Moïse. Non, je ne
crains pas que ni le ciel ni la terre me démentent
quand je dirai : « Il a été aimé de Dieu et des hommes et
« sa mémoire est en bénédiction... C'est la foi et la bonté
« qui l'ont sanctifié : *Dilectus Deo et hominibus : cujus*
« *memoria in benedictione est... In fide et lenitate ipsius*
« *sanctum fecit illum.* » C'est par sa bonté qu'il s'est fait

______

(1) I Corinth. c. xiii, ɣ. 1 et suiv.

aimer des hommes ; c'est par sa foi, par sa piété qu'il s'est fait aimer de Dieu. Je vous appelle donc, mes Frères, à l'école et aux leçons de la charité, quand je viens vous remettre sous les yeux la belle vie et la sainte mort de Messire JEAN-VICTOR RICOEUR DE BAMONT.

PREMIÈRE PARTIE

Quand on considère l'origine, la naissance, les souvenirs et les traditions de famille de messire JEAN-VICTOR RICOEUR DE BAMONT, on s'attend à le rencontrer dans la carrière des armes qu'avaient parcourue si brillamment ses ancêtres.

Sans remonter jusqu'à René Ricœur de Bâmont, qui protégeait nos côtes de Bretagne contre les corsaires, après avoir gagné ses premiers grades dans la marine, en défendant la cause d'un prince malheureux, dont les droits survivaient à ses revers (1); sans parler non plus de René Ricœur de Bâmont de Vitray, qui combattait si vaillamment à Fontenoy, dans les rangs des Gardes-du-corps du Roi, et qui entrait en triomphe dans le port de Lorient, avec une corvette enlevée à l'ennemi, M. de Bâmont avait pu voir, sur la poitrine de son noble père, la croix de St. Louis, gagnée par vingt-deux années de service et trois campagnes sur mer (2).

Mais Dieu n'avait pas façonné son cœur pour la guerre ni ses mains pour tenir l'épée. Il lui avait réservé une part meilleure, quoique moins brillante et moins glorieuse. Il avait fait de son cœur un temple pour la prière, un vase pour la miséricorde ; il avait consacré ses mains pour l'aumône et ses doigts pour essuyer les larmes des affligés.

(1) Jacques II, roi d'Angleterre.

(2) Extrait des Archives historiques.

« Heureux l'homme, m'écrierai-je ici avec le psalmiste,
« heureux l'homme qui craint le Seigneur et qui met
« toute sa volonté à observer ses commandemens. *Beatus*
« *vir qui timet Dominum, in mandatis ejus volet nimis* (1).
« Heureux l'homme qui compatit et qui vient en aide à
« l'indigence; heureux celui dont la prudence et le ju-
« gement règlent tous les discours, parce qu'il ne sera
« jamais ébranlé : *Jucundus homo qui miseretur et com-*
« *modat, disponet sermones suos in judicio : quia in æter-*
« *nùm non commovebitur.* La mémoire du juste sera
« éternelle, et il ne craindra point qu'on parle mal de
« lui : *In memoriâ æternâ erit justus, ab auditione malâ*
« *non timebit.* Son cœur est toujours prêt à espérer au
« Seigneur, et il y trouve un appui inébranlable. Il a
« répandu ses biens avec libéralité sur les pauvres. Sa
« justice demeure dans tous les siècles, et il sera exalté
« dans la gloire : *Dispersit dedit pauperibus.... Cornu*
« *ejus exaltabitur in gloriâ.* »

Voilà le juste, mes Frères ; le voilà tel que Dieu nous
l'a dépeint avec deux des caractères principaux qui le
distinguent : la bonté et la piété.

La bonté ! elle est dans son cœur compatissant, *mise-*
retur ; elle est dans les traits de son visage, dans la paix
et la douceur de son regard ; et la bonté fait sa beauté,
jucundus homo. Elle est sur ses lèvres et règle tous ses
discours, *disponet sermones suos in judicio.* Elle est dans
ses œuvres, *dispersit, dedit pauperibus.* Et cette bonté
du juste, vous l'avez vue, mes Frères, vous l'avez connue,

(1) Ps. cxi.

vous l'avez aimée dans l'homme de bien que nous pleurons.

Vous vous rappelez encore, n'est-ce pas? cette physionomie si ouverte et si franche, ce visage d'une sérénité si calme, que la mort n'a point troublé et auquel (ceux qui l'ont vu alors nous l'ont assuré) elle a même ajouté je ne sais quoi de céleste et de divin qui ressemblait à la paix des bienheureux; vous n'avez point oublié cet abord si prévenant, cet accueil si cordial, cette parole si affectueuse, cette main toujours tendue à l'amitié pour en resserrer les liens, ces bras toujours ouverts pour embrasser.

Avez-vous rencontré quelquefois la malignité sur sa langue, la ruse et l'artifice sur ses lèvres? Ou plutôt n'est-il pas vrai que la justice et la charité réglaient tous ses discours, *disponet sermones suos in judicio?* Il savait que la langue qui bénit Dieu le Père ne doit point médire des hommes qui sont faits à l'image de Dieu; que de la même bouche ne doivent point sortir la malédiction et la bénédiction (1). Il n'y avait point d'amertume dans son cœur; et la bonté, dont il était plein, avait toujours besoin de s'épandre : de là ces lettres si nombreuses, cette correspondance si active où son âme s'épanchait tout entière.

Mais, comme le dit S. Jean, la charité n'est pas seulement dans les paroles ni sur la langue : c'est par les

______

(1) In ipsà benedicimus Deum et Patrem; et in ipsà maledicimus homines, qui ad similitudinem Dei facti sunt. Ex ipso ore procedit benedictio et maledictio. Non oportet, Fratres mei, hæc ita fieri.
(Jac. c. iii, ỳ. 9 et 10).

œuvres surtout qu'elle se manifeste. *Non diligamus verbo neque linguâ, sed opere et veritate* (**1**).

Ici, mes Frères, je me trouve en face d'une difficulté, d'un obstacle qui m'empêche de parler dignement des œuvres de charité de M. de Bâmont : c'est la pureté, la perfection même de cette charité qui fuyait tous les regards pour n'être vue que de Dieu seul, conformément à la leçon du divin Maître : « Prenez garde à ne pas faire « votre justice devant les hommes pour en être regardé : « autrement vous n'aurez pas de récompense de la part « de votre Père qui est dans les cieux. Lors donc que « vous faites l'aumône, que votre main gauche ne sache « pas ce que fait votre main droite (2). »

« Cachez, comme dit Bossuet commentant ce passage, « cachez votre aumône à vos plus intimes amis; il fau- « drait, s'il se pouvait, vous pouvoir cacher à vous-même « le bien que vous faites (3), afin que votre aumône de- « meure dans le secret, et votre Père céleste, qui voit « dans le secret, vous en rendra la récompense (4). »

Tout plein de ces maximes, M. de Bâmont semblait ignorer le bien qu'il faisait ; il n'en parlait jamais aux autres ; et en détruisant, quelque temps avant sa mort, les papiers qui pouvaient trahir ses largesses, il en a dérobé la trace à ses plus intimes confidents.

Ce que nous savons pourtant, c'est qu'il était de toutes

---

(1) I. Joann. c. iii, ỳ. 18.

(2) Matth., c. vi, ỳ. 1, 2, 3.

(3) Bossuet. Médit. sur l'Evangile : *Sermon sur la Montagne*, 20ᵉ-jour.

(4) Matth. c. vi, ỳ. 4.

les bonnes œuvres, et que sa bourse, comme son cœur, s'ouvrait à tous les besoins et à toutes les demandes. C'étaient des habits qu'il donnait, des remèdes qu'il portait aux malades ; c'étaient des mendiants à qui il faisait l'aumône, des familles entières qu'il assistait; ses biens n'étaient point à lui. Il s'en regardait seulement comme l'économe et le dispensateur, et, en faisant l'aumône, il croyait acquitter une dette. Aussi comme il était exact, chaque année, à payer aux familles, dont il s'était fait le débiteur volontaire, la redevance que sa charité lui avait imposée ! Il n'avait qu'une crainte quand il donnait, c'était de n'en pas faire assez. Je connais une maison vouée au service des malades, à qui il payait l'intérêt de l'argent qu'il lui avait promis, quand il ne le versait pas au terme fixé.

Ses aumônes ne connaissaient d'autres bornes que celles de ses ressources ; mais sa charité allait au-delà. Le croiriez-vous, mes frères? Cet homme si bon, si libéral, si généreux, on a rencontré quelquefois sur ses lèvres les plaintes de l'avarice ! Il se plaignait de n'avoir pas assez d'argent! L'argent manquait en effet souvent à sa charité : car sa bourse s'épuisait toujours trop vite, au gré de son cœur si riche qui ne s'épuisait jamais. Souvent il s'est privé du nécessaire, pour subvenir aux besoins de ses frères. Qui dira combien de fois, se dépouillant lui-même, il a donné son linge et ses vêtements pour couvrir ceux qui étaient nus ?

On a trouvé qu'il n'apportait pas toujours dans ses aumônes assez de discernement : le fait est que cette âme si droite, ce cœur si large ne connaissait pas la défiance ;

et il aimait mieux être trompé par de fausses misères,
que de manquer à soulager des besoins véritables. Je
n'ai pas le courage de le blâmer; et, après tout, s'il a
manqué de prudence, n'a-t-il pas une bonne excuse, et ne
peut-il pas dire, comme S. Paul : nous avons fait des
folies, mais c'était par amour pour Jésus-Christ souffrant
dans les pauvres : *Nos stulti propter Christum* (1)?

N'êtes-vous point touchés, mes Frères, de tant de charité? Que serait-ce donc si vous aviez vu les larmes
qui ont coulé, dans cette église, à la nouvelle de la mort
de M. de Bâmont; si vous aviez entendu toutes ces
voix entrecoupées de sanglots, qui disaient : *Nous avons
tout perdu! Qu'il était bon! C'était notre bienfaiteur !*

Et maintenant encore, si tous ceux qui se taisent ici
pouvaient parler, au lieu de ce faible discours, vous au-
riez un magnifique concert de regrets, de bénédictions
et de reconnaissance. Que de bouches s'ouvriraient pour
vous dire, et la générosité de cet homme pacifique, qui ne
se vengeait des injures que par des bienfaits, et les fruits
merveilleux de sa charité : les cœurs désunis, par lui rap-
prochés, les haines éteintes, la concorde et la paix rame-
nées dans les familles par ses sages conseils et sa douce
influence !

Que n'auraient pas à vous révéler aussi les serviteurs de
cet excellent maître, si leur deuil silencieux ne tenait
lieu de toutes les louanges !

«Nous nous rappelons, disait le P. Lacordaire, ce qu'é-
« taient autrefois chez nous les domestiques, les hommes

(1) I Cor. c. iv. ỷ. 10.

« de la maison, le vieillard qui nous avait tenus
« sur ses genoux, la nourrice qui nous avait allaités ;
« quel soutien et quel honneur ils trouvaient dans les
« vieux châteaux de la féodalité et dans toutes les
« saintes maisons du royaume très-chrétien (1). »

« Ces mœurs ne sont plus les nôtres », ajoutait l'illustre
orateur avec l'accent de la tristesse, et le regret profond de
ne plus retrouver cette pieuse fraternité dans les familles.

Et nous, mes Frères, nous avons eu ce spectacle sous les
yeux ; nous avons vu tout cela ici : et le serviteur se
reposant tranquillement dans ses vieux jours, au foyer
domestique, quand ses mains ne pouvaient plus travailler, et son repos ne lui était pas reproché ; et la
vieille nourrice toujours honorée et toujours aimée des
enfants qu'elle avait élevés, et des parents dont elle avait
partagé les soins.

Nous avons vu un maître chrétien qui traitait ses serviteurs comme ses enfans et comme ses frères, qui ne
leur parlait jamais qu'avec douceur et tendresse, et
qui, s'oubliant lui-même, ne s'occupait que de leurs
intérêts, ne songeait qu'à leur apprendre à aimer et à
servir leur Maître qui est dans les cieux.

Est-ce fini, mes Frères, et croyez-vous connaître la
bonté de M. de Bâmont ? Non, permettez-moi de vous
le dire, vous ne la connaissez pas. Elle n'est connue que
de Dieu seul, parce que Dieu seul a lu dans ses pen-
sées et dans son cœur ; Dieu seul a été témoin de ses

(1) 21e Conf., année 1844 : *De l'humilité produite dans l'âme par
la doctrine catholique.* t. ii, p. 30.

désirs et de tout le bien qu'il aurait voulu faire, et qu'il n'a pas fait, parce qu'il ne l'a pas pu. Tout cela nous sera dévoilé au jour des grandes révélations. Sa conscience alors nous sera manifestée, et nous y lirons les mêmes paroles que Job, le modèle des justes, adressait, dans sa confiance, au Dieu témoin de sa vie :

« Que Dieu pèse mes actions dans la balance de sa jus-
« tice et qu'il voie si j'ai méprisé mes serviteurs et mes
« servantes, si je ne les ai pas aimés comme mes frères
« et comme ses enfants, si je me suis refusé aux prières
« du pauvre, si j'ai fait languir les yeux de la veuve, si
« si j'ai mangé seul mon pain et ne l'ai pas partagé
« avec l'orphelin (car la compassion a crû avec moi, dès
« mon enfance, et elle est sortie avec moi du sein de
« ma mère); si j'ai négligé de secourir celui qui n'ayant
« point d'habit, mourait de froid, et le pauvre qui était
« sans vêtements; si les membres de son corps ne m'ont
« pas béni, lorsqu'ils ont été réchauffés par les toisons
« de mes brebis (1). »

Mes Frères, Dieu a déjà pesé, dans sa balance, la vie et les œuvres de M. de Bâmont, elles sont jugées ; et si vous voulez connaître la sentence, elle est écrite dans l'Evangile : *Bienheureux les miséricordieux, car ils obtiendront miséricorde* (2). Bienheureux donc cet homme si bon qui a tant aimé les hommes. Ajoutons : Bienheureux cet homme si pieux qui, ayant aimé les hommes, a encore plus aimé son Dieu.

(1) Job. c. xxxi.
(2) Matth. c. v, ỳ. 7.

DEUXIÈME PARTIE

Dire d'un homme qu'il a été pieux, c'est un faible éloge aux yeux de beaucoup de gens qui ne savent pas ce que c'est que la piété, et qui la laissent à leurs femmes et au vulgaire, comme un besoin qui leur est étranger et un aliment qu'ils dédaignent pour eux-mêmes.

Bossuet n'en jugeait pas ainsi quand, ayant à célébrer l'héroïsme, le génie et toutes les merveilles de la vie du grand Condé, il mettait sa piété au-dessus de toutes ses gloires. « Jusqu'à ce qu'on ait reçu ce don du « Ciel, disait-il, tous les autres non-seulement ne sont « rien, mais encore tournent en ruine à ceux qui en « sont ornés. Sans ce don inestimable de la piété, que « serait-ce que le prince de Condé avec tout ce grand « cœur et ce grand génie?... La piété est le tout de « l'homme (1). » Voilà la conclusion de Bossuet. Ce sera aussi la nôtre, mes Frères.

La piété a fait la sagesse, la puissance, la force, la consolation, le bonheur de M. de Bâmont. Elle a été le mobile de ses actions, sa richesse, son trésor et sa gloire.

La piété a fait sa sagesse, parce qu'elle lui a donné pour maître et pour guide Jésus-Christ et l'Eglise, la colonne lumineuse de la vérité.

______

(1) Oraison funèbre de Condé : *Exorde.*

La plupart des hommes de son temps étaient encore
enivrés des brillants mensonges de l'école philosophique
du dix-huitième siècle, et de ses doctrines si flatteuses
pour l'orgueil et la volupté. Voltaire et Rousseau, qui
n'avaient combattu la foi que pour régner à sa place, pe-
saient encore sur les intelligences de tout le poids de leur
crédit et de leur gloire usurpée. Il fallait de la force et
du courage pour lutter contre un tel entraînement, pour
secouer un joug imposé par l'opinion et que tant de
beaux esprits avaient accepté. Dans cet enivrement général, il fallait une grande modestie pour savoir être *sage
avec sobriété* (1), selon l'avis de l'apôtre; une grande droiture d'esprit et de cœur pour ne pas s'égarer. Que de
volontés alors ont faibli! que d'esprits ont chancelé!
que d'hommes à qui il a fallu les longues et sévères
leçons de l'âge et du malheur, pour être désabusés!

M. de Bâmont n'a connu ni ces faiblesses, ni ces
égaremens, ni ces retours. Dès sa jeunesse, la droiture de
son âme lui a fait trouver, dans la foi, la vérité qui ne
change pas, un flambeau qui ne vacille pas, un guide
qui n'égare pas, une lumière qui ne trompe pas.

Jésus-Christ, la pierre angulaire que tous ces bâtisseurs
de vains systèmes avaient réprouvée, il en a fait le fondement de ses convictions et de sa vie tout entière. Et,
tandis que les doctrines subversives de la philosophie ne
laissaient dans un si grand nombre d'esprits que des rui-
nes, je veux dire le doute et l'incrédulité, lui, il élevait
sur le fondement divin qu'il avait choisi, un édifice

____

(1) I Rom. c. xii, ỹ. 3.

immortel, d'or, d'argent et de pierres précieuses ; je veux parler des bonnes œuvres qui ont fait la richesse et le mérite de sa vie. C'est sa piété, en effet, qui a été le mobile de ses plus belles actions, qui les lui a fait entreprendre et poursuivre avec une constance que rien ne déconcertait. C'est sa piété qui en a assuré le succès, qui a fait son crédit et sa puissance.

Fidèles, enfants, maîtres et maîtresses de l'enfance, et vous aussi, prêtres, écoutez! Fidèles, écoutez ce qu'il a fait pour vous ; enfants, religieuses vouées à l'enseignement, écoutez ce qu'il a fait pour l'éducation de l'enfance ; prêtres, écoutez ce qu'il a fait pour le clergé !

Et d'abord, fidèles, écoutez ce qu'il a fait pour donner à votre paroisse un guide, un pasteur, un père qui fût à vous exclusivement, qui, dégagé de tout autre soin, pût vous consacrer tout son temps, toutes ses veilles et tout son cœur.

Ici, mes Frères, je suis heureux de rencontrer, travaillant de concert avec M. de Bâmont, une femme qui vit encore dans tous les souvenirs, en qui j'aimerais à vous faire voir le modèle des filles, des épouses et des mères ; la digne héritière du nom de cette noble famille des Marescotti, célèbre depuis neuf siècles, et qui a donné tant d'illustres personnages à l'Italie et à la France, et une sainte à l'Eglise.

Vous avez admiré, comme nous, cette distinction de manières, cette délicatesse de formes qui rappelaient la noblesse de sa naissance et les habitudes si exquises de cette vieille société française dont elle conservait toutes les belles traditions. Comme nous, vous avez apprécié cette intelligence si élevée, cet esprit si cultivé, cette âme si grande, cette femme si forte et si bonne, élevée à l'école du malheur ; qui, dans les cachots de la révolution où les devoirs de la piété filiale la retinrent long-temps captive auprès de son noble père, avait appris à comprendre toutes les souffrances et à compatir à toutes les infortunes. Ce n'est pas ici qu'il faut raconter ses bonnes œuvres et ses bienfaits ; devant vous, mes Frères, qui en avez été les témoins ; au milieu même des monuments toujours subsistants de sa charité ; près de cette école qu'elle a fondée et où, depuis trente ans, vos enfants ont reçu les bienfaits d'une éducation chrétienne ; dans cette paroisse au rétablissement de laquelle elle a si puissamment contribué. Ce fût elle qui acheta le presbytère pour le donner à Jésus-Christ, qu'elle y logea dans la personne des pauvres en attendant qu'elle pût l'y recevoir dans la personne de son ministre.

M. de Bâmont acheva et compléta son œuvre en obtenant, en 1825, le rétablissement de la paroisse du Champ-de-la-Pierre. Je ne vous raconterai pas ici, mes Frères, toutes les difficultés qu'il eut à vaincre, tous les voyages qu'il lui fallut entreprendre. J'aime mieux vous montrer, en un seul fait, le secret principe de son activité et de ses succès dans toutes ses entreprises. Vous l'apprendrez de la bouche d'une religieuse dont la reconnaissance a trahi son bienfaiteur.

Il s'agissait d'assurer l'existence légale d'une Communauté encore au berceau, mais qui promettait déjà beaucoup pour l'avenir. Préparer à l'Eglise et à la société de bonnes mères de famille ; conserver à Jésus-Christ des cœurs dont il a pris possession dans le saint baptême et la première communion ; leur apprendre à connaître, à bénir son nom, à aimer et à observer sa loi ; c'était l'œuvre et le but de cette maison religieuse. Il n'en fallait pas davantage pour enflammer le zèle de M. de Bâmont.

« Dieu, m'écrivait dernièrement la Supérieure de cette
« Communauté, dans une lettre où des services déjà vieux
« de dix ans sont racontés avec la jeunesse et la vivacité
« d'une reconnaissance qui n'a pas vieilli, Dieu, qui a
« tout consigné dans le livre de vie, pourrait seul faire
« connaître ce qu'a coûté à son charitable serviteur la
« négociation d'une affaire dont il semblait l'avoir spé-
« cialement chargé, si l'on en juge par sa persévérance et
« son courage vraiment héroïques. »

Ainsi cet homme si humble, si étranger aux inspirations, aux détours et aux manœuvres habiles de l'ambition, devient par sa piété, quand il s'agit de Dieu et de sa gloire, le plus insinuant, le plus pressant, le plus obstiné des solliciteurs. J'ajouterai : le plus heureux ; car tout lui réussit. Sa piété lui donne des protecteurs tout-puissants. «C'étaient toujours des neuvaines, dit la bonne
« religieuse que je me plais à citer, c'étaient toujours
« des neuvaines, tantôt à la Très-Sainte Vierge, tan-
« tôt à S. Joseph ou à Ste. Anne. Il désignait lui-
« même les formules à réciter. » Ce favori du Ciel savait le langage qu'il faut tenir à Dieu pour en tout obtenir.

Et nous aussi, prêtres, nous aurions une dette de reconnaissance à acquitter envers la mémoire de M. de Bâmont, si déjà elle ne lui avait été payée par une bouche auguste dont la parole a plus de valeur que la nôtre.

« *Venez,* disait Monseigneur à M. de Bâmont, en l'invi-
« tant à prendre place sur le théâtre de la distribution
« des prix du Petit Séminaire de la Ferté-Macé, *venez vous*
« *asseoir auprès de moi : vous êtes ici chez vous.* »

C'était juste, mes Frères, c'était vrai. Oui on est chez soi dans une maison, quand on a travaillé avec celui qui l'a fondée à en consolider l'existence; on est chez soi dans une famille, quand on a acquis des droits imprescriptibles à son amour et à sa reconnaissance.

Tel était pour M. de Bâmont le Séminaire de la Ferté-Macé, et les maîtres qui la dirigent se sont plu à le reconnaître. J'en trouve la preuve dans une belle parole dite seulement à l'oreille du bienfaiteur, mais que je me reprocherais de ne pas publier aujourd'hui : « J'ai trouvé dans les archives de notre établissement « les monuments de vos bienfaits et les actes authenti- « ques qui constatent notre dette de reconnaissance. » Honneur à celui qui a mérité une pareille louange ! Mais honneur aussi au supérieur qui a si dignement exprimé la gratitude des siens ! Honneur au fondateur du séminaire, qui a légué à ses successeurs cette dette de reconnaissance, en l'inscrivant dans les archives de l'é- tablissement qu'il a fondé.

Vous comprenez maintenant, mes Frères, comment M. de Bâmont a puisé toutes ses inspirations dans la piété. Voyons les joies et les consolations qu'elle lui a ménagées.

Ses joies, il les trouvait dans la prière. Il n'avait pas besoin du commerce des hommes pour son bonheur. La société de Dieu lui suffisait, et il savait le trouver partout : dans sa chambre qui était comme un temple embaumé de l'encens de sa prière ; dans ces allées solitaires où, comme les saints patriarches, il marchait toujours en la présence de son Seigneur et de son Dieu ; dans ces bois silencieux où il allait épancher librement son cœur devant une image de la mère de Dieu, qu'il aimait d'une incomparable tendresse.

Qui pourra dire son assiduité à visiter Jésus dans le tabernacle de son amour, et les longues heures qu'il passait à goûter combien le Seigneur est doux à ceux qui l'aiment !

Portes saintes de la maison de Dieu, vous seules avez compté le nombre de ses visites ; pavés du temple où il se tenait si longuement prosterné, vous seuls avez recueilli ses larmes et savez le temps que duraient ses entretiens avec le divin Maître. Et vous murs silencieux et recueillis, vous seuls avez entendu ses soupirs, vous seuls avez été témoins de son recueillement et de la ferveur de sa prière ; et vous, tribunal sacré, vous seul pouvez nous dire la pureté de sa conscience et la douleur que lui causait le souvenir de ses moindres péchés ; et vous, table sainte, où tant de fois il s'est assis, où, vers la fin de sa vie, il venait manger presque tous les jours le pain de vie et le froment des élus, vous demeurerez ici comme le monument et le gage impérissable de l'amour qu'il avait pour Jésus et que Jésus avait pour lui.

Cette vie si sainte a été, comme la vie de tous les amis de Dieu, éprouvée par la souffrance et le malheur ; et sa piété a fait sa consolation dans toutes ses épreuves.

Faut-il rouvrir des plaies qui saignent encore, pour raconter la douleur, les déchirements de cœur de M. de Bâmont, quand il perdit une fille chérie et si digne de l'être ?

Vous avez vu comme nous, mes Frères, cet ange de douceur et d'innocence, cette vierge toujours parée du manteau de la pudeur et de la modestie, ce visage plein de candeur, cette plante si tendre encore et déjà chargée de tant de fleurs par toutes les espérances qu'elle donnait, et de tant de fruits par toutes les bonnes œuvres qu'elle faisait ; plante précieuse que le souffle du monde n'a jamais flétrie, qui n'a pu prendre racine sur la terre, parce qu'elle était du ciel.

Quelle perte ! que de larmes ont coulé et coulent encore pour elle ! son père la pleura longtemps , il l'a pleurée toujours ! mais quel père ! et quelles larmes que celles de la piété ! « J'aimais bien tendrement « ma fille, disait-il un jour, en sanglottant, à quelqu'un « qui est ici et qui m'entend, j'aimais bien tendrement « ma fille ; mais c'est un ange dans le ciel, et Dieu vou « lût-il me la rendre.... je le prierais de la garder près « de lui. »

Après un pareil sacrifice de la part d'un père, la mort n'en est plus un. Inutile donc de vous parler longuement de la belle mort de M. de Bâmont ; inutile de vous dire que quelques jours auparavant, tout ému d'un discours qu'il avait entendu sur la mort du juste, il pleurait, et qu'il pleurait de joie, comme il l'a dit lui-même.

M. de Bâmont est mort comme il a vécu : il s'est endormi dans le Seigneur, tenant amoureusement collée sur ses lèvres et sur son cœur, l'image de son maître, de son sauveur, de son juge et de son Dieu.

Maintenant, si vous me demandez, pour terminer, le résumé d'une si belle vie, il est tout entier dans ce seul mot du Roi-Prophète : « *Dilexi* (1), j'ai aimé. » Mot admirable que S. Ambroise, faisant l'éloge funèbre du grand Théodose, met à la bouche de son héros, comme son plus beau titre de gloire : *Dilexi*, j'ai aimé. C'est aussi le dernier mot du juste que nous pleurons. Il l'a dit aux anges venus à sa rencontre et qui lui demandaient cè qu'il avait fait ici-bas : *Interrogabant angeli et archangeli : Quid egisti in terris?... Dicebat : Dilexi* (2). Il nous le dit à nous, en quittant la terre, comme un mot d'ordre pour guider nos pas et éclairer notre vie. *Dilexi*, j'ai aimé : j'ai aimé les hommes, faisant du bien à tous, même à ceux qui m'avaient fait du mal. *Dilexi*, j'ai aimé : j'ai aimé Dieu; et son amour me l'a fait invoquer tous les jours avec confiance : *Dilexi... et in diebus meis invocabo.* « J'ai trouvé l'affliction et la dou-« leur : mais j'ai imploré le nom du Seigneur, et il m'a « délivré : *Tribulationem et dolorem inveni, et nomen Do-« mini invocavi... et liberavit me.* Son amour a sauvé mon « âme de la mort, a essuyé les pleurs de mes yeux et a « affermi mes pieds contre la chute : *Quia eripuit animam*

(1) Ps. cxiv, ꝟ. 1.

(2) S. Ambr. *De obitu Theodosi oratio*, n° 18.

« *meam de morte, oculos meos à lacrymis, pedes meos à*
« *lapsu.* Désormais l'amour sera ma vie, ma récompense,
« mon bonheur et ma gloire pendant l'éternité : *Placebo*
« *Domino in regione vivorum.* Ainsi soit-il. »

Dʳ Alexandre PARIS

MÉDECIN EN CHEF
DU SERVICE DES ALIÉNÉES DE MARÉVILLE
LAURÉAT DE L'ACADÉMIE DE MÉDECINE
DE PARIS
CHARGÉ DU COURS COMPLÉMENTAIRE DE CLINIQUE
DES MALADIES MENTALES
A LA FACULTÉ DE MÉDECINE DE NANCY

L'Etude de l'Aliénation Mentale

SON UTILITÉ AU POINT DE VUE INDIVIDUEL
FAMILIAL OU SOCIAL

« Nos connaissances restent encore sur
« bien des points, nulles, incomplètes ou
« douteuses, mais il faut songer aux progrès
« déjà réalisés et marcher avec confiance. »

MARCÉ

NANCY
IMPRIMERIE LOUIS KREIS
51, Rue Saint-Georges

1902

Dr Alexandre PARIS

MÉDECIN EN CHEF
DU SERVICE DES ALIÉNÉES DE MARÉVILLE
LAURÉAT DE L'ACADÉMIE DE MÉDECINE
DE PARIS
CHARGÉ DU COURS COMPLÉMENTAIRE DE CLINIQUE
DES MALADIES MENTALES
A LA FACULTÉ DE MÉDECINE DE NANCY

L'Etude de l'Aliénation Mentale

SON UTILITÉ AU POINT DE VUE INDIVIDUEL
FAMILIAL OU SOCIAL

> « Nos connaissances restent encore sur
> « bien des points, nulles, incomplètes ou
> « douteuses, mais il faut songer aux progrès
> « déjà réalisés et marcher avec confiance. »
>
> MARCÉ.

NANCY
IMPRIMERIE LOUIS KREIS
51, Rue Saint-Georges
—
1902

PREMIÈRE CONFÉRENCE [1]

Messieurs,

Après quelques années d'interruption l'enseignement clinique de l'aliénation mentale est officiellement rétabli à Maréville. C'est à un élève de la Faculté de médecine de Nancy qu'échoit l'honneur de reprendre cet enseignement. La confiance que m'ont témoignée Messieurs les Professeurs de la Faculté de médecine me crée des devoirs que je m'attacherai à remplir, avec d'autant plus de plaisir que le passé, par maints souvenirs reconnaissants ou affectueux, m'attache à l'avenir de la vieille Faculté de Strasbourg-Nancy, c'est-à-dire à l'avenir même de ceux qui voudront bien venir travailler à Maréville.

En m'appelant à vous faire des conférences cliniques, la Faculté de médecine compte un étudiant de plus, car je me remets au travail pour rendre plus facile et plus fructueuse, et pour vous et pour la société, la tâche que vous devez prendre bientôt. J'ai, du reste, des dettes spéciales

---

(1) Cette première conférence a été précédée d'une allocution de M. le Professeur Gross, doyen de la Faculté de médecine, qui a présenté le nouveau chargé de Cours à MM. les Etudiants, en termes qui imposent à celui-ci des obligations professionnelles qu'il aura cure de ne point oublier.

Dr A. P.

de reconnaissance à acquitter : notre éminent maître et affectionné Doyen, M. le Professeur Gross, M. le Recteur et M. le Préfet, qui ont droit à la plus grande part, me trouveront toujours soucieux de vous être aussi utile que possible et de vous mettre en situation non seulement de protéger et secourir malades et familles mais aussi d'exercer notre art dans un intérêt social.

La mission est évidemment lourde lorsque l'on compte des prédécesseurs comme B. A. Morel, le Darwin de la psychiatrie, dont les remarquables travaux sur les dégénérescences ont marqué une des plus grandes évolutions dans l'intelligence de la pathogénie et dans le traitement de l'aliénation mentale, lorsque l'on succède à des aliénistes de la valeur de mon éminent confrère de Charenton, M. J. Christian, ou de mon regretté collègue et ami Langlois.

Vous ne trouverez pas ici l'éloquence chaude et persuasive de mon ancien camarade et ami, le Professeur Pierre Parisot, aux leçons de qui mes conférences serviront en quelque sorte de complément, mais vous aurez des analyses de faits nombreux et typiques, vous recueillerez des renseignements ayant pour source une longue expérience des aliénés.

Bien pénétré de la conviction que vous serez tôt ou tard, à l'occasion de votre pratique, heureux d'être familiarisés avec les choses de l'aliénation mentale, je veux essayer, dès cette première rencontre, de vous montrer l'utilité de cette étude, de faire ressortir les services que vous pouvez en attendre, combien elle vous aidera à multiplier les secours que vous devez non seulement au malade mais à la société tout entière.

L'étude de l'aliénation mentale n'est pas, vous le verrez bientôt, aussi ardue, aussi stérile qu'on le pense généralement, même dans des milieux médicaux. La pathogénie de l'aliénation mentale est bien près d'être percée à jour, grâce aux travaux de B. A. Morel sur les dégénérescences physiques, morales et intellectuelles de l'espèce humaine, grâce aux découvertes relatives aux fonctions, au rôle des diverses glandes à sécrétion interne ou des glandes vasculaires sanguines, grâce à l'étude des causes et des effets des auto-infections, des phénomènes qui accompagnent ou suivent les intoxications diverses auxquelles nous sommes exposés, grâce enfin aux enseignements que nous apporte dans ces dernières années la chirurgie des aliénés. Le rôle du système nerveux de la vie de relation dans l'étiologie première, dans la *première phase de la pathogénie* de l'aliénation mentale, ne nous apparaît plus aussi considérable qu'on le croyait jadis et l'époque où la plupart des formes vésaniques ou névrosiques (c'est-à-dire sans substratum anatomique causal, primitif) cèderont à un traitement du foie, du rein, de l'estomac, de l'intestin, du corps thyroïde, etc., semble déjà peu éloignée. Nous ne tarderons probablement pas, nous, les anciens, à déplorer d'avoir guéri si peu de malades, d'avoir peut-être contribué dans une certaine mesure à faire des incurables en prescrivant, par exemple, des médicaments qui, agissant directement sur le système nerveux supérieur, sur la composition chimique des éléments nerveux supérieurs, renforçaient en quelque sorte l'action pernicieuse de principes toxiques versés dans le sang par un organe malade, ou de sécrétions apportées en excès à ces éléments nerveux, soit par suite de l'hyperactivité de telle ou telle glande, soit par suite de l'hypoactivité de telle ou telle autre, organe ou glandes qu'il aurait suffi de traiter, dont il aurait suffi de modifier la fonction soit en plus, soit en moins, pour prévenir ou pour guérir l'aliénation mentale.

Mais j'aurai à revenir sur ces questions de pathogénie en faisant choix d'une classification des maladies mentales et des états d'aliénation mentale ; je tiens à vous convaincre d'abord de l'utilité de l'étude de l'aliénation mentale surtout pour un médecin qui doit se livrer à la pratique de la clientèle, qui doit être bien souvent un précieux conseil pour un maire, un magistrat, soit qu'il s'agisse d'apprécier des actes délictueux ou criminels, soit qu'il s'agisse de prendre une mesure de protection sociale ou individuelle, etc.

La connaissance de l'étiologie et de la pathogénie des diverses formes de l'aliénation mentale vous donnera évidemment des indications précieuses au point de vue de la thérapeutique curative ou palliative à opposer à tel ou tel cas, mais elle vous permettra de faire mieux que guérir ou améliorer un aliéné, elle vous donnera la possibilité de placer des descendants ou des parents de votre malade ou d'aliénés dans des conditions rationnelles pour prévenir ou tout au moins retarder l'éclosion de la folie dont ils seraient menacés en raison d'une organisation congénitale spéciale qui constitue la prédisposition, en raison de leur tempérament fou, dirait Maudsley.

Votre rôle peut prendre ainsi une heureuse extension et devenir un rôle de protection sociale, puisque vous pourrez contribuer à diminuer la population des Asiles d'aliénés. Plus nombreux que l'on ne pense sont les cas où une intervention judicieuse aurait prévenu l'aliénation

mentale ; les quelques exemples que je vous présenterai
dans un instant vous le prouveront facilement. Sur une
intelligence nette des causes et des conditions de dévelop-
pement de l'aliénation mentale, vous pourrez baser des
prescriptions précises tant au point de vue de l'hygiène
individuelle qu'au point de vue de l'hygiène sociale.

De même l'étude des symptômes de l'aliénation mentale, de leur enchaînement, de leur association pour ca-
ractériser telle ou telle forme syndromique, les particu-
larités symptomatiques que peuvent présenter tels ou tels
malades, classés cependant sous une même étiquette
syndromique, vous fourniront d'utiles indications *non
seulement* pour établir vos prescriptions thérapeutiques
ou précautionnelles relatives à votre malade, mais aussi
pour les conseils que vous devrez donner dans l'intérêt
de l'entourage et de la Société.

La connaissance de l'évolution de telle ou telle forme
d'aliénation mentale, des incidents ou des tendances
dangereuses qui éclatent le plus fréquemment à telle ou
telle phase de telle ou telle forme syndromique fera évidemment de chacun de vous un conseil précieux et pour
la famille, pour l'entourage du malade et pour les dépo-
sitaires de pouvoirs de protection sociale. Combien de
confrères ne voyons-nous pas, à chaque instant, aux
prises avec des difficultés qu'ils s'exagèrent parce que
ignorants des choses de la médecine mentale, ou qu'ils ne
peuvent résoudre ou auxquelles ils donnent, de très bonne
foi évidemment, une solution désastreuse ou pour le
malade, ou pour la famille ou pour la Société : les tergi-

versations, les retards dans l'institution d'un traitement rationnel, par exemple, peuvent avoir les conséquences les plus fâcheuses, de même l'obligation imposée (par un trop grand nombre de médecins) à une aliénée débilitée ou seulement à une prédisposée débilitée d'allaiter son enfant, etc., etc... Nous verrons plus tard, à l'occasion d'analyses de faits, toutes les circonstances qui peuvent conduire à une inertie ou à des prescriptions qui ont pour résultat tantôt un homicide, un suicide ou un infanticide, tantôt un incendie, un vol, trop souvent la ruine d'une famille, des attentats aux mœurs, parfois la naissance d'enfants qui du berceau à la tombe, sont ou danger ou fardeau pour la Société.

Lorsque vous saurez, lorsque vous aurez vu comment les aliénés guérissent, comment on peut encore améliorer les incurables, comment il est possible de maintenir inoffensifs en liberté tels ou tels dégénérés, vous accomplirez plus facilement et plus judicieusement votre tâche à l'égard du malade comme à l'égard de la famille, de la commune ou de la société elle-même. Quelques exemples vont immédiatement vous convaincre.

Je vous parlerai d'abord d'une femme qui ne dut un accès d'aliénation mentale, malgré sa lourde tare héréditaire, absolument qu'à l'abandon dans lequel elle a été laissée par la Société ; il s'agit d'une vieille fille, née en 1849 , petite-fille, fille, sœur et cousine d'aliénés ; il ne lui manquait évidemment rien pour la prédisposer à l'aliénation mentale ; elle avait eu, du reste, en 1867 un accès de folie qui la fit placer à Maréville d'où elle sortit guérie en 1868. De 1868 à 1900, elle peut vivre en liberté ; elle était bien un peu excentrique et sujette, à intervalles variables, parfois assez longs, à des

moments d'instabilité puérile qui accusaient simplement sa
tare héréditaire, tempérament fou de Maudsley, mais elle
restait inoffensive et pour elle-même et pour la société. Trente-
deux ans après sa première atteinte de folie nettement carac-
térisée (forme exubérante), elle reparaît à Maréville présen-
tant une forme dépressive manifestement déterminée par
une altération profonde de la santé physique et par des tracas. Son niveau intellectuel avait un peu fléchi par suite des
progrès de l'âge et en raison de sa tare héréditaire, elle était
devenue plus sensible aux taquineries des voisins et des
gamins qui s'amusaient grossièrement de sa crédulité et de
son originalité ; aussi, vivant seule, sans soutien moral, elle
se laissa aller peu à peu à une inertie presque complète, ne
s'occupant plus de la préparation de ses aliments, négli-
geant les soins de propreté les plus élémentaires, etc... ; sa
santé physique fut bientôt ébranlée, elle présenta tous les
signes de la misère physiologique et des idées de persécu-
tion, des craintes imaginaires, des hallucinations ne tardèrent
pas à se développer. Les voisins s'émurent, plus dans la
crainte de quelqu'acte de vengeance, tentative d'incendie notamment, que par sollicitude pour la pauvre femme et le placement dans un service d'aliénés fut demandé. Un régime
alimentaire régulier, bon gite et sollicitude ont suffi pour
ramener l'intelligence à sa note normale et, dès que notre
malade commença à revenir à la raison, elle attribuait elle-
même sa maladie mentale « aux tracas et à la faim ».

Cet exemple bien net que mon excellent et aimable col-
laborateur le Docteur Aubry a suivi avec moi, n'atteste-t-
il pas clairement qu'il peut être parfois bien simple de prévenir l'aliénation mentale ; il ne faut pas oublier, en effet,
que notre malade était cependant dans les plus mauvaises
conditions puisque, je le répète, petite-fille, fille, sœur,
cousine d'aliénés et ayant été atteinte déjà d'un accès de

folie. Malgré cela il aurait certainement suffi d'assister cette prédisposée, de lui assurer, avec le vivre et les soins physiques, le calme, la tranquillité que lui enlevaient des voisins peu intelligents ou des gamins, pour la maintenir en état mental relativement satisfaisant.

Nous voyons à chaque instant arriver des aliénés dont la maladie mentale est simplement la conséquence d'une altération de la santé physique, d'un état physique qu'il eût été assez facile de prévenir. En vous rappelant les cas que je ferai passer à l'occasion sous vos yeux, vous pourrez dans votre pratique faire accorder plus d'attention aux prédisposés et montrer aux maires de votre circonscription qu'ils protégeront mieux les intérêts de leurs concitoyens en accordant à ces malheureux des secours sans lesquels ils exposeront leur commune à payer de longs frais d'entretien et de traitement dans une maison de santé.

Vous n'oublierez pas que même les aliénés en apparence les plus inoffensifs, comme ceux que vous allez voir à l'instant, peuvent devenir extrêmement dangereux s'ils sont livrés à eux-mêmes, à leurs instincts, ou abandonnés à leurs interprétations fausses, à leurs illusions, à leurs hallucinations ou à leurs idées délirantes.

La personne que je vous présente est une femme comme vous en avez certainement rencontré quelques-unes en liberté, que vous considéreriez de prime abord comme une banale simple d'esprit et dont vous vous garderiez de demander le placement dans un asile d'aliénés si vous n'aviez pas un peu l'expérience des aliénés ; vous vous diriez que vous avez déjà vu beaucoup de sujets moins intelligents en liberté, inoffensifs, et cependant moins capables qu'elle de distinguer ce que nous appelons « le bien » et « le mal », d'après nos conventions sociales. Ce raisonnement vous conduirait même à la laisser condamner dans le cas où elle viendrait à commettre quelqu'acte préjudiciable à la société. Vous allez voir immédiatement le danger de ce raisonnement :

Voici une femme, âgée de 52 ans, entrée dans le service fin 1898 ; les bulletins de renseignements nous la montrent avec une intelligence toujours très faible, sans jugement, paresseuse, querelleuse, égoïste et très irritable, surtout lorsqu'elle a bu, ce qui lui arrive de temps en temps. Depuis la mort de ses parents, c'est-à-dire quelques années, elle vivait seule, donnant à l'occasion asile à des vagabonds qui la faisait boire pour obtenir ses faveurs. Sous l'influence d'excès alcooliques elle était agressive, cherchait querelle à ses voisins, les accusaient d'avoir fait mourir ses parents, les menaçaient de violences, d'incendie, etc... ; ce sont surtout les menaces d'incendie qui ont amené des mesures de protection et le placement dans un asile d'aliénés. Ses réponses vont vous faire apprécier immédiatement son niveau intellectuel, elle vous dira elle-même en souriant l'histoire sommaire des nombreuses condamnations qu'elle a subies, elle vous donnera ainsi la mesure de son jugement, de son sens moral, vous verrez quelles tendances instinctives prédominent chez elle, vous constaterez que sa volonté est surtout sous la dépendance de ses instincts ou de sentiments égoïstes et que la société n'a pas à attendre d'elle la plus légère part du tribut que chacun doit pour contribuer à l'amélioration du bien-être général.

. . . .

. . . .

Tous les actes délictueux ou criminels commis par cette femme pouvaient être facilement prévenus et devaient l'être

s'il s'était trouvé dans la circonscription un médecin pouvant apprécier les dangers qu'elle faisait courir à la société,
pouvant donner à un maire des conseils nettement motivés,
ou si les médecins des prisons étaient tenus de visiter tous
les inculpés et d'appeler spécialement l'attention des magistrats sur ceux qui ne semblent pas jouir de facultés intellectuelles normales afin de les faire soumettre à une observation spéciale. Après analyses de tels faits vous pourrez, plus souvent que vous ne pensez, donner de sages
conseils : il vous arrivera, par exemple, il vous est certainement arrivé déjà d'entendre ce raisonnement : « les
médecins aliénistes voient des fous partout, il faut leur
répondre par des condamnations, tout individu qui peut
distinguer le bien du mal doit être puni lorsqu'il commet
un acte antisocial », raisonnement qu'il vous sera déjà
facile de montrer absurde, car une condamnation, loin de
protéger la société, l'expose souvent à d'autres malheurs,
le cas de cette femme vous l'atteste bien et je vous présenterai un très grand nombre de cas analogues lorsque
nous ferons notamment l'étude spéciale des dégénérés.

Voici maintenant une femme qui, après un certain nombre
de condamnations, a fini par tomber dans une maison d'arrêt
dont le médecin se préoccupe avec raison de l'état mental
des inculpés et, grâce à ce médecin, elle est aujourd'hui à
l'abri de la misère et la société est délivrée d'un véritable fléau,
comme vous allez voir :

Quelques questions suffiront pour vous montrer que nous
sommes en face d'une femme peu intelligente, crédule comme
une enfant, privée d'éducation et de sens moral, n'ayant
qu'une volonté insuffisante pour résister aux sollicitations
des sens ou de sentiments égoïstes, incapable de résister aux

entrainements qu'elle peut rencontrer à chaque instant au
dehors, aussi ne serez-vous nullement étonnés d'apprendre
que, vagabonde, elle a subi de nombreuses condamnations ;
nous en connaissons dix, pour vagabondage ou pour vol.
Mais la négligence de l'appréciation de l'état mental de cette
malheureuse eut d'autres conséquences beaucoup plus graves
pour la société ; au cours de ses pérégrinations elle donna le
jour à un enfant qui tomba immédiatement à la charge de
l'assistance publique — et qui fera peut-être un jour souche
de dégénérés et de criminels — et, syphilitique, se prosti-
tuant à tout venant, elle infecta un grand nombre d'individus
qui propagent à leur tour le mal dont l'extension n'est pas
beaucoup moins nuisible à la société que celle de l'alcoo-
lisme.

La malade que je vous présente maintenant est une dé-
bile mentale dont quelques réponses vous permettront de
constater rapidement le niveau intellectuel : . . . .
. . . .
. . . .

Elle est évidemment incapable de se diriger et de se soi-
gner convenablement si on l'abandonne à elle-même et
son maintien sous la protection d'un appui quelconque,
asile d'aliénés ou nourricier, s'impose bien qu'elle ne
montre aucune tendance impulsive ou instinctive à porter
préjudice ni à elle-même ni à la société.

Placée une première fois à Maréville, en 1877, à la suite de
troubles bruyants compromettant l'ordre public, et inspirant
quelques inquiétudes pour la sécurité de son entourage
qu'elle avait pris en aversion, cette femme fut rendue à sa
mère après quelques mois de séjour dans le service. Elle se
maintient à peu près inoffensive tant qu'elle reste sous la

surveillance et la direction de sa mère, tant qu'elle reçoit
des soins qui préviennent une altération de la santé physique.
La mère meurt, on laisse la fille seule dans la maison, complètement livrée à elle-même. Elle aurait eu une certaine
aisance si elle avait su travailler sans direction, si elle avait
pu tirer parti de son avoir ; elle a, par exemple, trois vaches
à nourrir : au lieu de cultiver convenablement ses terrains,
de faire ses récoltes en temps opportun, elle va voler à droite
et à gauche ou mendier pour ses vaches et pour elle-même ;
une de ses bêtes périt faute de soins et de nourriture, elle la
laisse dans l'écurie, en prend chaque jour un morceau pour
ses repas ; l'état de putréfaction de l'animal finit par incom-
moder les voisins et il faut l'intervention du maire pour faire
enfouir les restes qu'elle trouvait encore bons à manger.
Malgré cela la malade reste en liberté, toujours abandonnée
à elle-même ; une seconde vache ne tarde pas à succomber
aussi d'inanition, elle s'en nourrit comme de la première et
il faut encore que le charnier empeste tout le voisinage pour
que l'on vienne se rendre compte de ce qui se passe chez elle.
Son ménage était un vrai taudis, farci de charognes et de
fumier, dans lequel elle se promenait pieds nus, à demi-
vêtue.

Elle fut enfin envoyée à Maréville.

Vous verrez, à l'occasion de l'étude d'un grand nombre
de faits, que cette femme pouvait, en raison du défaut
de soins personnels, devenir fort dangereuse non seulement pour elle-même, mais pour la sécurité publique. Ne
l'était-elle pas déjà par ses conserves de viandes en putréfaction et par l'écurie qu'elle habitait, qui, les mouches
aidant, pouvaient être sources de maladies non seulement
pour les écuries voisines, mais pour les habitants voisins.

Cet exemple, dont on trouverait difficilement l'analogue dans la littérature médicale, vous atteste aussi qu'il faut s'attendre, de la part d'aliénés, aux dangers les plus imprévus et les plus difficiles à prévoir ; la société est chaque jour victime d'individus anormaux ou malades, d'aliénés abandonnés à eux-mêmes, sans direction, sans surveillance ; vous venez encore de voir, à Nancy même, un certain nombre d'accidents dont le souvenir est évidemment présent à votre esprit et qu'il eut été possible et facile de prévenir.

Tous ces faits ne prescrivent-ils pas de mettre en tutelle tout aliéné, tout individu qui ne jouit pas de facultés intellectuelles normales, ou suffisantes pour le mettre en état d'observer toutes les principales conventions sociales, pour lui assurer des conditions normales d'existence ? Devrat-on le placer dans un asile d'aliénés, le confier à un nourricier, ou obliger sa famille à veiller sur lui ? — C'est à vous qu'il appartiendra généralement de décider ; vos conseils seront d'autant plus facilemeut acceptés que vous les baserez sur des exemples plus probants, sur des connaissances plus fermes.

Ce n'est évidemment pas par quelques mois de prison que la société sera sérieusement protégée contre de tels dégénérés ; il faut que le médecin puisse indiquer les mesures réellement efficaces applicables à tel ou tel individu ; il doit donc se le représenter dans l'avenir, et il ne le peut qu'à la condition de trouver dans ses souvenirs des éléments sérieux d'appréciation.

Grâce à l'obligeance de mon excellent collègue et ami, le Dr Vernet, médecin en chef du service des hommes, qui veut bien nous autoriser à voir les malades particulièrement intéressant de son service et à qui je me fais un plaisir de renouveler d'ici tous mes remerciements, je vais pouvoir dès aujourd'hui vous faire entrevoir toute l'étendue des dangers que font courir à la société les condamnations d'inculpés dont les facultés intellectuelles sont en voie de déchéance ou insuffisantes :

V... est le plus jeune et le moins intelligent de trois enfants d'alcoolique, tous trois d'intelligence au-dessous de la normale. Il arrive jusqu'à l'âge adulte sans se montrer dangereux, mais, il y a quelques années, à la suite de tracas, il commence à divaguer, s'isole, passe des journées entières dans la forêt, un jour il met le feu aux rideaux de son lit sous un prétexte futile, un autre jour il traîne sa mère hors de son lit en lui disant que la tour Eiffel va tomber sur leur maison, il casse des carreaux pour fuir par la fenêtre, etc... A partir de cette époque, il montre un caractère de plus en plus inégal, de plus en plus irascible, on le voit tantôt enfantin, tantôt violent, toujours instable, cherchant parfois à entraîner des enfants à des actes immoraux, parfois maraudeur et voleur.

En 1898, bien que considéré comme fou par toutes les personnes qui le connaissaient, il subit une condamnation à de la prison pour vol et abus de confiance, un médecin chargé d'examiner l'état mental ayant conclu qu'il n'était pas complètement irresponsable. Sa peine expirée il fut remis en liberté.

V... était immoral, exhibitionniste, voleur, etc., parce que malade, la prison ne pouvait évidemment pas le modifier heureusement ; il devait être mis en tutelle, placé sous une surveillance constante, car il pouvait redevenir plus ou moins dangereux suivant les circonstances, et il le montra maintes fois. Enfin, un matin de 1900, il entre chez une voisine, y trouve seul un enfant au berceau, il le prend et l'emporte dans un grenier où il le laisse mort après avoir assouvi bestialement des instincts érotiques.

Il était à cette époque tel que vous allez le voir :

. . . .

. . . .

Jugement et volonté sont tellement débiles, comme vous le constatez, qu'il est incapable d'organiser et de raisonner le moindre système de défense ; il ne manifeste aucun sentiment affectif ; il n'a plus de conscience de ses obligations sociales ; il n'obéit plus qu'à des sentiments égoïstes, sa volonté et son intelligence sont trop affaiblies pour qu'il puisse opposer la moindre barrière aux sollicitations des instincts.

Lorsque vous aurez vu un certain nombre de sujets comme celui-ci, que vous connaîtrez l'évolution habituelle, probable, de leur mentalité, les modifications que lui impriment les circonstances, vous pourrez, à l'occasion, formuler des prescriptions heureuses pour la morale et la sécurité publiques.

C'est ainsi, grâce à la connaissance et à l'analyse de faits qui passeront ici sous vos yeux, que vous pourrez aussi prévenir un grand nombre d'actes antisociaux commis sous l'influence de troubles ou de recrudescences de troubles intellectuels par suite d'excès alcooliques.

Mais je ne veux pas m'étendre davantage en ce moment sur des questions que nous devons reprendre et examiner complètement à l'occasion de l'étude de chaque forme d'aliénation mentale. Je ne vous présente ce groupe spécial d'exemples que parce qu'il est fourni par une caté-

gorie de malades dont je ne pourrai très probablement
pas vous entretenir cette année.

Vous ne trouverez pas seulement, dans l'étude de l'a-
liénation mentale, de ses causes, de ses manifestations et
de ses dangers, les moyens de la prévenir, de la combattre, de protéger des prédisposés ou des aliénés ou la Société
elle-même, elle vous donnera des connaissances indispen-
sables pour éviter des erreurs qui peuvent être en même
temps préjudiciables au *médecin*, au malade, ou à un
tiers, et à la famille de celui-ci.

Votre responsabilité ne serait-elle pas, moralement au
moins, gravement engagée si, par suite d'une erreur de
diagnostic, vous étiez cause de la ruine d'une famille, en
donnant, par exemple, comme curable un paralysé général à la tête d'une importante association industrielle et en
empêchant ainsi la famille de rompre en temps opportun
un contrat d'association ?

Il n'est pas sans danger pour un médecin, au moins
pour la considération dont il doit jouir et qui est une condition de succès dans la pratique, de faire placer dans une
maison de santé ou dans un asile d'aliénés un individu qui
n'est pas aliéné, mais il faut penser aussi à la responsabilité pénale encourue et même à la responsabilité civile.
Une erreur de diagnostic qui a motivé une séquestration,
ne fut elle que de quelques jours, peut motiver une de-
mande de dommages-intérêts de la part de la victime ou
de ses parents ; vous pourriez probablement établir que
l'erreur a été commise de bonne foi, mais il n'en est pas
moins pénible et fâcheux pour un médecin qui se livre à
la pratique de la clientèle, d'avoir à se disculper dans ces
conditions.

L'erreur de diagnostic devient parfois plus grave, elle
peut avoir pour conséquence la mort d'un malade : j'ai
vu, par exemple, et je ne suis pas le seul, arriver dans des
services d'aliénés des malades qui ne présentaient absolument que du délire fébrile, délire lié à une fièvre typhoïde,
phase d'état, à une pneumonie purulente, à une pneumonie double ; j'ai vu de tels malades entrer dans nos services après avoir fait un long voyage, en plein hiver même,
ils arrivaient évidemment mourants dans nos infirmeries ;
j'en ai vu mourir en descendant de voiture ; à l'autopsie
nous trouvions deux poumons hépatisés, ou des lésions
de pneumonie purulente, etc.. La responsabilité des médecins qui nous envoient de tels malades est évidemment
lourdement engagée. Ils éviteraient facilement d'aussi
graves erreurs s'ils pouvaient faire le diagnostic différen-
tiel de l'aliénation mentale et du délire fébrile.

L'erreur de diagnostic peut avoir aussi pour conséquence
un préjudice moral ou matériel au malade dont la place
n'était pas dans un asile d'aliénés : vous envoyez un jeune
fébricitant non aliéné dans une maison de santé, mais
vous pouvez ainsi le mettre dans l'impossibilité de trouver une situation quand il sortira, de se marier, d'entrer
dans une association commerciale qu'il désirait avant sa
maladie, etc., etc. ; vous pouvez de même causer préjudice moral et matériel à la famille,

Les victimes peuvent dans un certain nombre de cas in-
tenter une action en justice au médecin et, d'après une
jurisprudence qui tend à prendre de l'extension, le médecin est exposé à ne pas toujours sortir indemne d'affaires
de ce genre.

Ces considérations suffisent certainement pour vous

convaincre qu'il est pour le praticien de la plus haute importance de pouvoir discerner nettement l'aliéné du fébricitant délirant dont la place doit rester au foyer familial ou à l'hôpital.

L'inanition et certaines fatigues peuvent aussi s'accompagner de troubles délirants ou hallucinatoires passagers qui ne sont pas passibles de l'asile d'aliénés : mes collaborateurs ont encore présent à l'esprit le cas d'une malheureuse qui, après avoir marché plus de douze heures, en plein hiver, sans prendre de nourriture, tomba exténuée de fatigue et de faim sur la voie publique et s'endormit. Au réveil, provoqué par la police, elle divaguait, on l'envoya à l'asile d'aliénés après examen médical ; après un bon repas et quelques heures de repos au lit, elle était absolument normale.

Je ne veux pas multiplier ici les exemples car nous en rencontrerons à chaque instant dans le cours de ces conférences.

L'insistance avec laquelle j'ai cherché à faire ressortir le but pratique de l'étude de l'aliénation mentale vous atteste déjà que j'aurai surtout pour objectif :

1° De faciliter la tâche que vous avez à remplir comme médecins praticiens ;

2° De faire bénéficier, aussi largement que possible, malades, familles et société, de mesures, de traitements ou de conseils dont la pratique de la médecine mentale a montré l'efficacité réelle.

Je ne m'attarderai guère, par conséquent, à vous exposer les considérations médico-philosophiques et les théories plus ou moins originales, toutes hypothétiques évidemment, qui ont trop longtemps encombré la plupart des ouvrages ou des traités de médecine mentale.

Vous n'avez besoin, en somme, que d'enseignements positifs, facilement applicables dans la pratique et de tels enseignements ne peuvent nous être fournis que par des analyses de faits. — Vous verrez bientôt qu'il est aussi essentiel d'étudier l'intelligence, sécrétion du cerveau, dans ses manifestations ou ses représentations anormales que de rechercher les caractères ou les causes d'un trouble moteur pour remonter à la découverte d'une lésion médullaire et de son traitement et vous ne tarderez pas à être convaincus qu'il est au moins aussi utile de s'intéresser à la maladie mentale, dont les conséquences sont redoutables pour le malade et pour la Société, qu'à telle ou telle affection physique qui ne fait généralement qu'une victime. — Mais vous avez dû puiser déjà cette certitude dans les cliniques générales que vous avez suivies et notamment dans les leçons de notre illustre et vénéré maître, M. le professeur Bernheim.

La psychiatrie se rattache à toutes les Sections de la médecine, les troubles de l'esprit ou la mentalité anormale pouvant résulter d'une altération des humeurs par toxines, par sécrétion glandulaires en excès ou insuffisantes, par insuffisance d'excrétions, etc…, (Confusion mentale post-grippale, maladie mentale post-typhique, post-partum, etc..), — pouvant être la conséquence d'une affection hépatique, rénale, utérine, etc…, ou d'une infection spécifique, — pouvant dépendre d'une intoxication par ingestion ou inoculation volontaire ou accidentelle de substances nuisibles, alcool, éther, morphine, plomb, etc…, ou d'altérations vasculaires ou de lésions méningo-encéphaliques congénitales ou consécutives, etc…, — pouvant enfin naître ou disparaître, s'atténuer ou s'aggraver sous l'influence d'interventions chirurgicales, etc...

Connaissant beaucoup mieux déjà que nos aînés la pathogénie de l'aliénation mentale, nous ne sommes plus réduits, comme vous le verrez, à suivre son évolution à peu près impuissants à la modifier ; nous pouvons l'enrayer souvent, la combattre avec succès complet assez fréquemment, être utiles presque toujours.

J'ai la conviction que vous trouverez plus tard dans vos souvenirs de Maréville la solution heureuse de beaucoup de questions qui, bien que très simples, embarrassent actuellement beaucoup de confrères et leur causent parfois de cruels déboires. Nous nous heurterons à chaque pas à de pénibles exemples.

. . . .
. . . .
. . . .

IMP. L. KREIS- 51, RUE ST-GEORGES - NANCY